삶의 흔적, 그 이름을 새기다

삶의 흔적, 그 이름을 새기다

한숙자 시집

인쇄일 | 2024년 12월 03일
발행일 | 2024년 12월 09일

지은이 | 한숙자
펴낸이 | 김영빈
펴낸곳 | 도서출판 시아북(詩芽Book)

출판등록 | 2018년 3월 30일
주소 | 대전광역시 동구 선화로214번길 21(3F)
전화 | (042) 254-9966
팩스 | (042) 221-3545
E-mail | siab9966@daum.net

값 12,000원

ISBN 979-11-94392-19-4(03810)

삶의 흔적, 그 이름을 새기다

한숙자 시집

시아북
시아BOOK

감사 및 소감의 글

하나님을 믿고 섬길 수 있음을 감사드립니다.

지금 이 시간까지 건강하게 글을 쓸 수 있다는 자체가 기적입니다.

나에게 귀한 가정으로 버팀목이 되어주는 남편과 소중하고 귀한 보석 같은 아이들로

행복한 보금자리를 만들어 주시니 감사합니다.

나의 상담자인 장로님은 기도와 조언으로 늘 도와주시는 분이십니다.

형수님 대단하시다고, 시동생의 응원 한마디가 큰 힘이 되었습니다.

시 창작 교실에서 박춘희 선생님의 만남은 나에게는 큰 복입니다.

제2의 인생으로 시를 만나 살게 되어 많은 것을 배우고 있습니다. 어린아이 같이 세밀하게 가르쳐 주실 때마다 가슴에 맺히도록 감사합니다. 속담에 말이 씨가 된다 했듯이 시집 한 권 갖고 싶다고 입버릇처럼 말했었습니다.

비록 어설프고 서툰 글이지만 시를 지도해 주신, 시 창작 박춘희 선생님께 감사드립니다.

2024년 가을

한숙자

감사 및 소감의 글　005

1부
물속의 평화로운 오후

억새　013
행복은 전염병　014
기쁨은 내 편　016
섭리　017
새벽을 깨우는 송석항　018
내 짝　020
선물　021
여유　022
양수리　023
내 이름은 홍보대사　024
은혜의 삶　026
꽃사랑　028
할미꽃　029
허무　030
노년의 바램　032
물속의 평화로운 오후　034
천년초　036
고향의 족적은 어디에　037

2부
어느 백합의 생애

민들레 041

어느 백합의 생애 042

능금 043

봄비 044

신발 한 켤레 045

여름에는 바다가 좋아 046

시대의 흐름 048

인생의 여정 050

감자 052

맨드라미 054

요술쟁이 손 055

찔레꽃 056

고추가 익어간다 057

웬 떡 058

고추 060

마음 062

용기 063

잡초 064

비타민 065

식탁의 꽃 066

3부
어머니의 자리

별 069

참나무 070

은혜로운 길 072

흔적 074

어머니의 자리 076

어설픈 발걸음 078

한 알의 쌀 080

희망의 불빛 082

주인 잃은 감나무 084

빈자리 086

벌거숭이 088

동행 090

황혼 091

희망의 삶 092

살아 볼 만한 인생 093

추억에 묻힌 고향 094

시루떡을 안치며 096

감자 097

생명 잃은 꽃 098

마음속 얼굴 099

4부
새벽을 여는 기도

살아간다는 건　　103

어머니의 나박김치　　104

무인 화가　　106

물같이 흐르는 유　　107

삶의 흔적　　108

새벽 친구　　109

초록 스카프　　110

어머니의 희생　　112

하얀 노트　　114

숲 아닌 숲　　116

소중한 복　　118

유혹　　120

나의 마음　　122

소꿉친구　　123

새벽을 여는 기도　　124

참 고마운 사람　　126

풍년　　127

5부
기대와 기대

칼국수 / 한시온(외손녀)   131

무지개 / 한시온   132

마음속 깊은 뿌리 / 한시온   133

나무 / 맹영희(딸)   134

기대와 기대 / 맹영희   136

1부
물속의 평화로운 오후

억새

가을이 되면 들녘에 흐드러진
억세고 뿌리가 곧은
강인함을 보여주는 잡초

농부의 적이긴 하지만
나는 그 강인함이 좋다

때가 되면 하얀 튀밥 같은
꽃도 선물한다
바람 불면 씨앗 머리에 이고
멀리멀리 날아가도

앙상한 줄기만 남아
바람 부는 데로 허리가 휘청거린다
꺾이지 않는 절개
당당히 서 있는 모습이
나에게 큰 위안을 준다

행복은 전염병

행복은 어디서 오는 것일까

앞이 막혀 늪에서 헤매며,
나올 수 없어 길이 안 보일 때
막막함을 밀쳐 잘 빠져나왔다

자신을 낮추고 겸손하게
주님만을 섬기며
살아온 삶을 되돌아보니
아름다운 것도 보이고
마음에서 즐거움도 생겼다

참 잘 살았노라
나에게 칭찬도 했다
행복 지수가 올라가니
옆 사람도, 뒷사람도 모두가
행복의 바이러스가 전염되었다

행복은 그냥 주어지는 것이 아니었다
모든 욕망을 비우고 버릴 때
따라와 주는 것이 행복이다

기쁨은 내 편

시 한 편 늘어날 때마다
기쁨은 나의 맘을 설레게 한다

때로는 시가 안 써져 안타까워
주저앉고도 싶었지만
다시 일으켜 주는 것은 기도였다

언제나 내 편이 되시는
그분의 뜻
다시 쓰고, 엎드리고
반복하는 동안 감사하게
기쁨은 내 편이 되어 주었다

섭리

어느 사이 가을을 향하고 있다

물러갈 것 같지 않았든 무더위
오늘 새벽길은 제법 쌀쌀함을
느낄 수 있었다

참 신기한 일이다
사계절을 창조하심이
어쩜 그리 세밀하실까

매섭게 눈보라가 휘몰아 칠 때면
지금의 더위가 또 그리워지겠지
자연 속에서 살아가는
지혜 주시고 도움 주시니
그는 삶 속에 늘 함께하시도다

새벽을 깨우는 송석항

묘시가 되기도 전 첫새벽, 부릉부릉
경운기 발동 소리의 알람에 잠이 깼다

밖을 보니 빨간 불빛은 바다를 향한다
물은 아직도 한가득 차 있는데
궁금해 밖을 나가보니 캄캄한
어둠에 가려져 있었다

안개까지 자욱하다
아랑곳하지 않고 배를 끌고
바다로 들어가는 경운기

이런 풍경은 바다 근처에서 태어났어도
처음 보는 광경이다
낚싯배 셋 척이 떠 있고.
조개 캐는 아낙네는 뻘을 깨고 있었다

고기잡이배에는 깃발이 꽂혀있다
각자의 길을 따라 달려간다
뒤꽁무니는 금세 물에 가라앉을 듯

아찔아찔해서
발가락이 움찔거렸다

안전하다는 듯 쏜살같이
시야에서 살라진다
어떤 삶인들 주어진 속에서
최선을 다하겠지만

허리 위에까지 물에 들어가
배와 경운기를 분리하는
작업을 보며 안쓰러웠다

안개 속에 숨은 일출은 보지 못했다

내 짝

앉은뱅이 상을 친구 삼아
생각을 썼다 지워다
보고 또 읽으며
그 안에 나의 갈급함을 담아본다

그렇게 하나의 소중한 네가
시로 새롭게 태어나
나의 곁에 머무르고 있다

늦게 찾은 나의 단짝 친구

선물

어느 날 가방 속에 찾아온 작은 손님

어찌나 놀랐던지 살필 겨를도 없이
따뜻한 마음이 더 먼저 느껴진다

예쁜 주머니 안에 반갑게 맞이해 주는
한가득 담긴 정성 어린 손길

덕분에 어디를 가든지
단짝 친구가 생겼다

어스름 새벽 그분 앞에 두 손 모을 때
눈치 없는 불청객은 기침으로 방해한다

가방 속 따뜻한 손길은 기도를
순하게 마무리 짓게 해 준다

그런 고마운 마음이 있어
오늘도 편안한 새벽을 연다

여유

예쁜 카페 창문 옆에 앉아
바닐라라떼를 불렀다

잔 속에 따뜻한 하트가
너울너울 춤을 추며 다가와 앉는다

하트 꽁지가 입안에서
사르르 달콤하게 녹아
그윽한 향기 가득 번진다

옆 테이블엔
삼삼오오
도란도란 사랑 꽃이 피어나고

창밖을 보니
삭막했든 대지에
초록이 물들어 환하고
하늘에는 뭉게구름마저
한가로이 떠 있다

양수리

북한강 물줄기 남한강으로
두 갈래 물줄기가 만나
남, 북의 만남을 기원한다

언젠가 만나야 할 혈육
하나 되기 위해 터 잡아
나무를 심고, 모진 비바람 견디며
이제는 그리움의 동산이 되었다

새들이 찾아와 둥지를 틀고
전국에서 많은 사람들이 찾아와
도란도란 이야 꽃을 피우는 명소로
물 위에 반짝이는 영롱한 보석

너를 품은 윤슬의 넉넉함을 담는다

내 이름은 홍보대사

사계절 파란 옷 입고
철이 되면 하얀 꽃도 피웠다
초록 열매는 노란빛으로
물들며, 좋은 향기를 풍긴다

누구나 유혹하는 곰보 얼굴
하지만 나의 비타민
얼굴은 곱지 않지만
나무에 달린 모습을 보면
화난 얼굴도 웃게 한다

어엿하게 명찰 달고
전국을 다니며
비행기도 타고 트럭도 탄다

어디서나 인기 많은
내 이름은 감귤

무더위 속 샛노랗게 익어
제주를 알리는 홍보대사이다

한 가족을 먹여 살리기도 한다

은혜의 삶

암흑 길을 걸어가며 흘린 눈물
끝이 없는 줄 알았는데
가는 빛 한 줄기에 고개 들어보니
가시넝쿨과 엉겅퀴가
길을 막고 있다

한고비 헤쳐 나와보니
기다리는 것은 인간의 괴로움
가로막 흰 출구를 찾지 못해
보이지 않는 그분께
한없이 고했다

이리저리 세워주시니
자리마다 마다하지 않고 몸 드렸더니
어느 사이 노년이란
꼬리표가 붙었지만 돌아보니 암흑 길도
가시밭길도 모두가 은혜의 길이었다

좌절과 원망을 짓눌렀지만
인내하는 나에게 참된 삶으로

다가와 인도하신
그분께 진심으로 감사드립니다

꽃사랑

계절 없이 피어나는 꽃들
언제나 내 마음을 기쁘게 한다
마른 가지에서 피어난
예쁜 얼굴들이 대견스럽다

활짝 핀 화분 몇 개
꽃밭에 심어준
손길도 고맙다

고사리손으로 화분 사다
할머니 선물이에요
손녀의 마음이 어찌나
예쁜지
난 꽃 선물이 제일 좋더라
한마디에 기분이 더 좋은가 보다

할미꽃

전설적인 꽃이 되어
귀염 받는 허리 굽은
할미꽃

수줍게 고개 숙인
너의 모습이 대견하다

어느 사이 할머니 되어
하얗게 센 머리카락
흩날리며

굽은 허리 펴 서서
한들한들

할머니 허리도
펴지면 좋겠다

잎만 무성한 할미꽃
내년을 약속해 본다

허무

산속 깊은 곳에 힘차게
흐르는 물소리
크고 작은 돌 틈 사이로
요리저리 헤엄치는 물고기들

유난히 짓궂은 망둥이
한 마리 가
흙탕물을 일으켜 온 물을
흐리게 한다

앞이 안 보여 더듬거리며
내려가니
이끼 낀 바위에
부딪치고 뒹구는 모습

어디서 들려오는
낚시꾼들의 발소리
물고기 낚으러 왔다가
흙탕물에 덮인 물을 보고
미소 지으며 돌아간다

망둥이의 통탕 질이
고비를 넘겼다

노년의 바램

언제 이렇게 왔을까
풋풋하든 그 시절
세월 가는 줄 몰랐는데
변할 것 같지 않던 얼굴은
셀 수 없이 주름만 늘고
일 년이 한 달 같이 빠르기도 하다

삶의 무게 짓눌려
빨강 신호등에 멈춰 선 그림자
어서 오라 손짓하며
호각 소리 들리는 듯하다
노년이여 조금만 기다려주게나
그대는 어떻게 살아왔는가

혹, 되돌아가고 싶어 고개 돌려
본 적은 없는가
어쩌겠나 세월의 무상함이
노년을 부르고 있다

살아생전 어머님께서
입버릇처럼 하시던 말씀 '등이 화끈화끈 불난다'
그러하시더니 그 불이 내 등으로
옮겨 붙었나 보다

몇 발짝 옮기고 '힘들다, 등에 불이 난다'
문득문득 떠오르는 말씀들이
어느새 내게로 번졌을까

다가오는 백 세 시대에
말년을 보람 있게
온전한 정신의 중심에서
가족의 안녕을 기도한다

물속의 평화로운 오후

다리 건너 물속 안에 옹기종기
떼지어 모여있는 예쁜 송사리 떼
무엇이 그리 좋은지, 삼삼오오
꼬리를 흔들며 노닐고 있다

음악에 맞춰 춤을 추는 듯하구나
한쪽에서는 바쁘게 움직인다
사람 발소리가 들리나 보다

숨바꼭질하듯 흙탕물을 내며 숨는다
먹이를 던져주니
뻐금뻐금 잘도 받아먹는다
우리 아기 어릴 때 입 내 두르는
모습과 같다

따가운 햇볕 가려주려는 듯 물 위에
떠 있는 이름 모를 물풀
붕어들의 그늘막이
되어주고 있다

눈부실까 부채로 아기 얼굴
가려주던 때가 그립다

천년초

호떡 같은 얼굴에 어찌
예쁜 꽃이 피었나
너의 아름다움을 지키기 위해

날카로운 가시로
방어망을 치고
누구도 접근 못 하게 막고

그 노오란 꽃의 예쁨이
좀 길게 갔으면 좋겠다

꽃 진 자리 열매 다섯 개
아기 조막손 같구나

고향의 족적은 어디에

한쪽 지붕에 겹쳐 잇은 처마
그 속에서 꿈과 웃음이 피어나던 곳
외모를 중요시한다지만
욕심 없이 소박하게 살아가는 사람들

흔적을 지운 자리에 부서진
뼈대가 뒹군다
어려운 경제에 잠 못 드는 서민
보따리 한숨을 쌓아놓고
방향을 정한다

비웃듯 배부른 통장을 보며
투기에 미소 짓는 부유층

폐기물 차가 세간을 싣고 떠난 자리
블록 쌓듯 까마득히 쌓아 올린 건물에
새 불빛은 이 칸 저 칸
잃었던 빛으로 찬란하다

삶의 흔적, 그 이름을 새기다

|

한숙자 시집
Poems by Han Suk Ja

2부
어느 백합의 생애

민들레

화려하지 않지만
봐주는 이 없어도
굴하지 않고 피어나는
노오란 꽃잎
할머니 되어
다른 세상 알리는
가냘픈 씨앗
어디로 가는지 방향은
알고 있니
바람 따라 머무는
그곳이 너희 터전이다

어느 백합의 생애

알뿌리 한 알
흙에 묻어둔 어느 봄날

못 본 사이 새싹이 쏙
땅에서 얼마나 참고 기다렸을까

예쁜 꽃을 피우기 위해서
인내와 시간 속에서
준비하지 않았든가

나를 반겨줄 시선을 위하여
용기와 뜨거운 햇살 앞에
굳건히 버티고 피었다

능금

향기가 풍기는 빨간색
한입 물어보면 아플까

탐스러운 너희 모습
나를 유혹하는구나

우는 아이 상기된 얼굴
상큼한 맛에 흠뻑 젖어본다

봄비

훔치지 말라 바람아
적막 속에서 하얀
튀밥같이
아름답게 피어있는 꽃잎
남몰래 찾아와 살며시
다 지워 버리고 훌훌 달아나는
야속한 봄비

신발 한 켤레

언제나 나를 업고 다니는 너
한 번도 고맙다는 생각조차 못 했다

언제나 어느 곳이든
싫은 내색 없이 함께 나서는 너
때로는 맵시로, 보호로
자갈 틈도, 진흙 구덩이도
더러움도 마다하지 않은 존재
헐고 볼품 없어지면
미련 없이 버려지는 너

없어서는 안 될
귀하고 소중함을 이제 알게 한다

여름에는 바다가 좋아

삼십사 도를 올라가는 무더운 날씨
초등 손녀를 동승하고
춘장대 해수욕장을 향했다

다행히 펜션 회원권이 있어
숙소는 어렵지 않게 잡았고
노년의 몸으로 장거리 운전하는
할아버지가 몹시 피곤해하셨다

여정을 풀고 파도가 반기는
물속에 들어가니
갈매기도 덩달아 꺼어꺽 소리 지른다

바지락과 돌게를 잡아 와 맛있게
끓여 먹고 돌아오는 길에
안면도 해안을 들렸다

튜브에 몸을 싣고 출렁이며
물살을 따라 즐기는 사람들
파도는 좀 더 높이 올랐다가 부서지고

갯벌 속에서 시온이는 조개 두 개를 잡고
어찌나 좋아하는지
시온이를 바라보는 온 가족의 얼굴에
웃음꽃이 핀다

지치는 기색이 보여 가자고 하니
시온이 물 밖으로 나와서 하는 말

'역시 여름은 바다가 좋아!'

시대의 흐름

어느 어머니의 맺힌 눈물을 보았다

가난한 집 어린 사 남매 길러 보겠다고
선택한 가정
머리에 광주리이고 일궈낸
살림으로 건물과 땅이 생겼다

자식들 다 가르치고
돈이 아까워 짜장면 한 그릇 못 사 먹으며
사 남매의 재산이 되어준
고된 희생은 몸을 병들게 했다

공부 가르쳐 사람 만들었더니
부모 버려두고
유학하러 가서 영영 돌아오지 않는다
외로움을 강아지와 벗 삼아
함께 살아가며 외로움을 달랜다

지나간 과거가 너무 허망하고
서글퍼 지금은 눈물만 나온다고

하소연하던 모습을 잊을 수 없다

'요즘 세대가 다 그래요'
지금이라도 자신을 위해서 잘
사시라고 위로해 드리고
돌아와 생각했다

이것이 부모의 길이기는 하지만
삶에 가치가 점점 땅에 떨어지는 듯하다
자식, 재물, 정답은 없는 것 같다

인생의 여정

참 먼 길을 왔구나
높은 줄 모르고 올라와 보니
자국마다 물 고인 흔적들은
어느 사이 노년이란 봉우리에 있다
암벽에 밧줄 매고 매달리며
올라온 이 길

너무도 힘들고 외로웠다
하나님이 함께하지 않으셨다면
아마도 실패하고 말았을 것이다
그분이 주신 보석 하나
너무나 귀하고 값진 것이기에
가슴에 품고 체온을 느끼며
달려온 세월, 어떻게 왔을까

때론 달빛도 벗이 되어
외로움을 하소연하기도 했다
너무나 혹사한 삶에 미안하다

발 없는 소문은 무성하게 자라고
그릇은 금이 가 물은 새고 있는데
막아놓은 자욱이 덕지덕지 흉터만 남았다
말씀 한 구절에 위로받는다

근심하는 자 같으나 항상 기뻐하고
가난한 자 같으나
많은 것을 가진 자로 다
산 소망 주신 하나님께 감사드립니다

감자

못난이 별명으로
환영받지 못한 이름

제멋대로 생긴 너의 모습
무얼 보려고 많은 눈을 가졌을까?
땅속에서 한잠 자고 나면
아가들은 어미의 흔적을 알까

어미는 아픔을 참고
다산의 아기를 잉태하기 위해
둘로 몸도 나누고,
몸의 양분을 아기한테 다 주며
쭈글쭈글 말라 간다

아기들은 잘 자라, 크기에 따라
환영받는 장소가 다르다
휴게소에 출출한 간식으로

카레 속에서 노랗게 숨죽이고
버거집 부록으로도 나온다

없어서는 안 될 소중한 존재이다

맨드라미

잎만 무성한 화단에
닭 볏같이 탐스럽게 핀 꽃
그 무더위에도 굴하지 않고
빨간색 드러내며
활짝 웃고 있는 모습이
대견하고 사랑스럽다

요술쟁이 손

오늘도 참 수고했다

소리 없이 쓰다듬고, 보듬는 하얀 손
어찌 그리 재주가 많고, 바쁜가

오감 맛을 다 내어주는 요술 손
미안하고, 고맙다

여리던 고운 손 마디마디 옹이 지고
세월을 주름잡아 감추었구나

맞잡은 두 손
사랑으로 남은 생을 함께하자

찔레꽃

수풀 속 청초한 하얀 얼굴
환한 미소와 향기는
어머니 분 냄새 같아 정겹다

누구도 범하지 못하게
촘촘히 가시 달아 방어벽을 만들고
도도한 자태로 진한 향내 품었다

새순 따먹을 때는, 좋아하더니
누가 흔한 찔레라 했을까
발 빠른 세월에 귀한 몸이 되었다

고추가 익어간다

잠자는 흙 깨워
씨앗을 포근히 품어 달라고 다독였다

심어 놓은 어린 새싹
어느새 고개를 든다
모진 비바람 속에서도
흔들리며, 아픈 시간을 견디어
빼곡히 초록 열매가 달렸다

대견하고 은혜로운 모습
아삭함과 매콤한 향기로
수줍게 붉은색으로 물들어 간다
더 넓은 곳을 향하여
꼭, 필요한 존재가 된다

웬 떡

화려하지 않아도
삶에 스침이 검소하여
빚은 향기로 다가온다

바람아 너는 그리움을 알고 있니?
어머니 품 같은 그 따스함을
가래떡 하나 품고 와
차가운 손에 쥐여 주던 따뜻한 손

아플 때 먹고 싶던 반건시 오징어
예쁘게 포장해 주던 그 정성
당신의 힘듦을 미뤄두고
타인을 먼저 챙기신다

슬프고 괴로울 때
내 편이 되어 주고
즐겁고 기쁠 때도
함께 웃어 주던 얼굴

속 깊은 곳에서
살며시 꺼내 볼 수 있는
소중한 추억들이 주는 향수이다

고추

서걱거리는 월동의 밑을 긁어
잠을 깨운다
씨앗을 품어 싹을 틔우라고

풀 사이를 헤집고 쑥 올라왔다
세찬 비바람에 흔들리며
구부러진 허리 펴
더욱 굳건히 대를 세웠다

쓰러지지 말고 곧게 자라라고
영양제도 먹여 가며
지주대가 되어 버텼다

파란 고추 주렁주렁
애교에 웃음꽃이 하얗게 피고
수줍어 붉게 물오른 네 모습이 곱다

풋풋한 풋고추의 첫사랑
고추장에 찍어 톡 쏘는
매운맛에 눈물이 핑 돈다

세월 속에 달곰하게 익어
누구에게나 사랑받는
붉은 사랑의 열매로 빛난다

마음

하늘 없는 구름 없고

바다 없이 물이 없고

땅 없이 흙이 없듯

너 없이 나는 없다

용기

향기 따라 날아든 손님

꽃과 속삭이듯
부실한 꽃잎에 한참을 머물러
살며시 입 맞추고
훨훨 날아간다

용기는 희망이라고 다독이며

잡초

촉촉하게 대지를 적셔주는 비

청량한 바람 따라 텃밭에 간다
심어 놓은 작물을 밀치고
쑥 커버린 잡초에 눈은 놀란다

너희들이 있을 곳이 아닌데
미안하지만 자리 좀 비켜줘야겠다

호미 끝에 매달리는 잡초를
밭둑으로 던져 놓고
돌아서니 둑에다 뿌리를
깊이 내리고 있었다

잡초라고 얕보지 말라는 듯이
씩씩하고 꿋꿋하게 잘도 자란다

비타민

너는 나에게 꼭 필요한 비타민이다

존재만으로도
충분한 활력소가 된다

너의 티 없이 맑은 얼굴은
비 갠 오후의 화창한 날씨 같다

고인 빗물을 자박자박
밟는 소리마저도
점점 여리게 지워주는
특별한 지우개이다

너를 가슴에 품고
편안한 숙면에 들고 싶은
나의 영원한 비타민

날이 밝으면 내일의
화창한 해가 뜰 것이다

식탁의 꽃

하얀 밥에 오색의
강낭콩이 돋보인다

풋강낭콩 내음이
솔솔 피어오르면

자주색 양파도 질세라
매콤, 달콤 향기로
식욕을 부른다

모두 식탁에 올라앉아
미색을 뽐내면

도란도란 둘러앉은
가족의 숟가락마다
오색의 웃음꽃이 피어난다

3부
어머니의 자리

Love is ...

별

땅거미 지고 어둠이 내리면
은색으로 환히 쳐다보는 별
어디서 온 누구 별일까?

아마도
슬픔과 어둠에 싸여 방황하는 이의
마음을 비춰 주는 듯하다

그 빛이 너무 밝아
달님도 잠시 구름 속에 숨었나 보다

별아, 눈이 흐려지고 정신을 빼앗겨
너를 못 보게 되더라도
너만은 항상 그 자리에 있어 다오
많은 사람의 마음에 희망을 품고

살아갈 수 있도록 영원히 비춰주렴

참나무

좁은 숲길을 따라 들어서면
신선한 산소에 실려 오는
초록의 싱그런 향기 코끝을 자극한다

키가 큰 나무 그늘에
작은 나무가 여리게 서 있다
위를 보며 따라 커지고 싶지만
빛을 보기 어려워 늘 그늘 틈에 끼어
약하게 웃자라고 있다

그래도 꽃도 피우고
귀여운 열매도 주렁주렁
모진 비바람에 떨어질세라 꼭 매달려 있다

서늘한 가을이 오면 잎을 말려
여린 아기 나무 이불이 되어 주려고
몸에서 떨어트려 포근히 덮어준다

알몸으로 모진 눈보라 속에
겨울을 얼었다, 녹았다 하며
새싹을 틔울 따뜻한 봄을 기다린다

은혜로운 길

보이지 않고 들을 수 없는
더욱 소중한 보물
받는 이만이 아는 확인이다

누구도 시기하지 못하는
물 흐르듯 스미는 마음
거짓 없이 순수하고 아름다운 확신이다

값을 매길 수 없는 숙명 같은
너와 나의 끈끈하게 다져진 길목이다

은혜의 길을 가다 보면
아픔도 절망도 함께 부대끼며 지나간다

은혜와 선물 사이의 차이는 무엇일까
바라는 것 없이, 아낌없이 주는 것일지도 모른다

은혜를 받았다는 것은
진실한 사랑의 마음을 주었기 때문일 것이다

쉽게 잊히지 않는 그래서 잊을 수 없는
은혜로운 선물로 굳혀지고 싶다

흔적

너는 누구였으며 어떻게 살고 있느냐

당당하던 그 모습은 어디 가고
길가에 힘없이 엉켜있는
한 포기의 잡초 같구나

뜻 모를 뒷발질에 걷어 차인 듯
아파하며 참고 미루었던 화해
좀 더 일찍 마음을 갈고닦아
손을 내밀 것을
진흙탕에 마음을 묻고
살아온 것이 후회로 남았다

가슴 깊이 모진 상처로 남겨두고
홀홀히, 그냥 떠나면 어쩌란 말이요
아무 말도 못 하고 가는 그 순간
무거운 가슴 어찌하였나요

모든 것을 다 내려놓고 가볍게 가시오

아무도 없는 빈자리에 멍든 가슴
다독이며 홀로 덩그러니 서 있네!

어머니의 자리

밤잠 설치던 어느 새벽녘
창문 틈으로 들려오는 풀벌레 울음소리

그 옛날 마당에 멍석 깔고
한쪽엔 모깃불 연기가 피어나고
연기를 피해
엄마 무릎을 베고 있노라면
어머니는 부채로 연기를 밀어낸다

풀벌레 울음소리가 요란해지면
그때의 정겹던
어머니 손길이 그리워진다

하늘엔 별들이 총총히 내려다보고
가끔 별똥별이 쌩하고 지나갔지
빛바랜 세월 속 어머니 자리에
내가 자리를 잡고, 먼저 가신 그 길을
따라가고 있다

'늙는 것이 익는 것이라 했던가'
되돌릴 수 있는 필름이라면
너무나 약해진 모습을 조금만
되감고 싶다

어설픈 발걸음

맵시 나는 구두 신고
예쁜 발자국 남기는 것보다
투박한 장화 발자국이
깊고 선명하게 남는다

투박하고 거칠어도
튼튼하고, 단단함이 좋다
서툴고 부족해도 기초의 걸음마부터
단단히 다져야겠다

안대로 눈을 가린 것처럼
보이지도, 갈 수도 없는 먼 길
신세계를 가보고 싶은 욕망
괜한 욕심일까

흐르는 시간을 잡을 수 없어
애써 바둥대어 보지만
마음대로 안 되는 것을
서두르지 말자

버팀목이 되어 응원해 주는 길
가다가 힘들면 쉬어서 가지
숨차 오르면 쉬엄쉬엄
숨 고르며 쉬었다 가자

꿈을 향하여, 미래를 향하여!

한 알의 쌀

이른 봄 볍씨를 발아시켜
고운 흙에 깔아 눕히고
부직포 이불을 덮는다

초록 싹이 밤톨같이 귀엽다
넓은 들로 나가
논바닥을 넓게 차지한다

영양제 먹고
주인의 발걸음 소리에
무럭무럭 자라나, 열매를 거꾸로 단다

어느덧 잎은 누렇게 옷을 입고
익을수록 머리는 무거워
저절로 겸손하게 고개를 숙인다

농부는 자식을 바라보듯
어버이 마음으로 교감하며
풍년을 기원한다

식탁에 오르기까지
수작업으로 팔십팔 번의
과정을 거쳐야 밥상에 올랐다

빵에 밀려, 하찮게 여기지만
세계 어느 나라도 우리나라
쌀밥의 풍미를 낼 수는 없다

우리의 주식이 쌀 임을 소중하게
알아야 한다

희망의 불빛

칠 흙같이 어두운 밤
인적 끊긴 모래 위
바다의 침묵은, 파도 소리로
적막한 밤을 가득 채운다

저 멀리 등대 불빛은
검푸른 바닷길을 비추고
오징어 배는 띄엄띄엄 불꽃으로
바닷물에 수놓아 아름답구나

안개와 거센 파도가 몰아치면
목이 쉬도록 큰 소리로 길을
알리며 불빛으로 온몸을 태운다

뱃머리를 바로잡아
수많은 재산과 사람의 안전을
지키며 생사고락을 바다와 함께한다

파도야 화를 삭이고
잔잔하게 철썩철썩 다가오너라

희생하고 봉사하는 등대
희망의 불빛은 영원하리니

주인 잃은 감나무

입동을 훌쩍 넘긴 가을의 끝자락
찬바람에 몸은 옴츠리고

골목길을 걷다 보니
옹기종기 모여 사는 정겨운 마을에
대문 없는 집 한 채
우거진 잡초는
몇 해를 지나도록 무성하다

마당 한쪽에 감나무 한 그루
세월 따라 빨간 홍시를 매달고
왠지 쓸쓸한 적막이 감돈다

홍시 먹으라고 부르던
그 목소리도 사라졌다
부르는 이 없어도 새들은
찾아와 맛을 음미하며 즐긴다

누구 하나 봐주는 이 없는
앙상한 나뭇가지 사이로 찾아든

붉은 햇살만이 가지를 더듬으며
위로를 해준다

빈자리

첫눈이 그칠 줄 모르고
대지를 하얗게 뒤덮는 속에
전해지는 비보

눈도, 떠나는 이를 배웅하는 걸까

언젠가 가야 할 길
그 먼 길을 단숨에 가는군요
염려하던 세상 걱정 어디에 두고
이 골목 저 골목 발자취 남기고 싶어
어떻게 갔을까

떠난 자리 보이지 않지만
흔적은 남아 아른거린다
대문 열고 내다보던 그곳에는
찾는 이 없어
문고리만 덜그렁덜그렁 운다

그의 음성 들릴듯하여 돌아보니
담벼락 그늘에 앉아 이야기꽃 피우던

텅 빈자리엔
추억만이 흩어졌다, 모였다

벌거숭이

날카로운 기계 소리에
신경은 날을 곧게 세운다

산을 쳐다보니
크고 작은 나무들이
들판에 모로 누워 신음한다

뽀얀 속살이 으스러져
바닥에 하얗게 쌓이고
진물, 눈물을 흘리며 마지막
피비린내를 향기로 풍긴다

풍성한 그늘과 달콤한 열매를 버리고
터전은 민둥산이 되었다
버팀목을 잃은 삭막한 비탈길
한여름에 찾아와 목청 높여 울던
매미도, 예쁜 새소리도 삶의 터를
잃고 온데간데없다

고구마, 콩, 감자 익기도 전에
먹어 치워, 미워하던 고라니도 그립다

동행

일출의 빛을 받아 빛나고 아름다운
사랑과 희망을 품는다

묻지 않고 묵묵히 가는 인생길
아름다운 꽃 속을 걷는 꽃길

햇볕이 내리쬐는 모래밭 길이 있다
스스로 택하는 나만의 길
충분한 대가를 통하여 정해지고
열매 맺는 길은 그냥 내어주지 않는다

높은 곳에 있는 자는
그 높이를 볼 수 없지만
낮은 곳을 향하는 자는
높은 곳을 볼 수 있다

쉼을 위하여 지는 일몰은
너무나 아름답다

황혼

바다와 하늘을 분별할 수 없는 수평선

파도는 밀려와 모래를 씻어 준다
서걱대는 백사장 모래에 발자국을 남기고
파도 소리를 들으며 인생길을 유유히 걷는다

차가운 바람에 뒤돌아보니
발자국은 없고 갈매기 떼만
꺼억꺼억 울어댄다

세월에 밀린 삶이지만
인생의 황혼빛에 아름다운
노을로 수평선의 심연에 든다

어르신*으로 남고 싶은 꿈을 꾸며

* 어르신 : 배우며, 존경받는 사람

희망의 삶

색을 겹겹이 입은 삶
벗겨내고, 다듬어 겸손하게 물든다
모든 욕심에 눈 감고 귀 막으니
가는 길이 평탄대로 이더라

올바른 마음과 생각을 작은 가슴에
품으니, 만사가 행복하기만 하더라
운명을 탓하지 말라
행복은 내가 만들어 가는 둥지이다

살아 볼 만한 인생

각각의 색이 다른 삶 속에
낮아지고 겸손을 행하니
가는 길이 순조롭다

사물에 눈 감고,
귀 막으니, 주의가 평온하다

올바른 생각을 가슴에 새기며
행동으로 옮기니 만사가 행복하더라

운명을 탓하지 말자
행복은 스스로 만드는
따뜻한 둥지이다

추억에 묻힌 고향

시대의 흐름에 고향은 변했어도
아직도 눈에 선한 그곳, 그 자리

광목 행주치마 두르고
물동이 똬리 위에 이고
물 긷던 어머니의 모습

사립문 사이로 들릴듯한
이웃집의 정겨운 목소리
터를 지키던 지주돌만이
흙에 묻혀 자리를 지킨다

수많은 사연 묻힌 그곳을
지날 때면 문득 옛 추억에 잠긴다

도란도란 웃음꽃 피우던 고향에는
아파트가 우뚝 서 있고
학교도 세워져 있다

많은 변화는 반기는 이 없어도
고향의 품은 따뜻하다

시루떡을 안치며

한 편의 시에 마음을 담아
썼다 지웠다, 읽고 또 읽고
운율을 따라 흥얼거리며
마음을 펼쳐본다

한 조각의 시루떡은
절구에서 7번을 찧고, 부서져야
흰떡 가루가 된다

켜켜이 고물과 떡가루를 쌓고
정성과 기도로 온 가족의 안녕을
가슴 깊이 심는다

안녕을 설지 말라고 시루 번으로 봉인한다

감자

밭이랑에 널린 자주색 감자꽃
감자꽃이 질 때면 호미가 바쁘게 흙을 긁어댄다
꽃 색에 맞춰 자주색 감자가
주렁주렁 줄기를 잡고 끌려 나온다

옆 밭이랑에는
하얀 감자꽃이 흐드러지게 피었다
꽃이 지면 감자를 캐러 호미와 바구니가 먼저 나선다
영락없이 하얀 꽃 색을 닮은 보얀 감자가
뒹굴뒹굴 줄기에 매달려 나온다

밥 대신 감자가 상 위에서 주인 행세를 한다

생명 잃은 꽃

봄의 신고식에 때아닌 눈

흰 눈으로 뒤덮은 산
나뭇가지 상고대는 너무 아름답다

먼 옛 추억을 소환해 본다

언덕에 비료 포대 깔고
소리 지르며, 눈썰매 타던
아이들 모습이 아련하다

창밖 장독대는 크고, 작은
흰 솜 모자 하나씩 머리에 이고 있다
자연의 풍경에 눈을 뗄 수가 없었다
아쉬운 마음을 아는지, 모르는지
눈은 스르르 눈물을 흘린다

나무에는 가지마다 눈꽃이 방긋
봄인 줄 알고 눈을 떴는데

아직은 이르다고
차가운 눈 이불을 덮어준다

따사로운 날 꽃봉오리 튀밥처럼
하얀 이 드러내고
화사한 벚꽃은 장관을 이루어
밤하늘에 어둠을 밝힌다

마음속 얼굴

한 줌도 안 되는
병어 속같이 좁은 곳에
얼굴도, 걸음걸이도, 음성도
모두 담고 싶다

마음이 넓다 한들 맷방석만 할까
지면에 그리고 버려지면 그만인데
보이지 않아도 선명한 그 모습

먼 후일 추억하며 꺼내 볼 수 있도록
내 가슴속에 고이 간직하고 싶다

살아간다는 건

캄캄한 터널 속에 갇혀
길인가 싶어 더듬거리던 여정
봄 향기 속에

파도 소리 따라가 보니
바닷속에 바위섬
거친 파도에 매 맞으며
깎아지고 낮아진다

우리 가족과 같이
다시마와 미역이 그늘 되어
소라와 전복이 자란다

밀물 따라 나와 보니
둥지를 틀고
따뜻한 울타리가 되었다

어머니의 나박김치

명절이면 고향의 향기를 간직한
미각으로 여행을 한다

꼭 거르지 않고 상 가운데를 차지하는
빨간 국물 위 나박나박 떠 있는
같은 모양에 각가지 색을 띤다

누구나 좋아하는 아삭이는 식감
정성의 손맛 시어머니 김치
다 썰어 넣으시고
배춧잎 꽁지는 쌈으로 남겨주셨다

그때는 몰랐는데 지나고 보니
온돌방 같은 따뜻함이 마음을 적신다

수십 년이 지났는데
지금도 생각이 나는 것은
내게 빛나는 그리움으로 돌아와

보물 같은 기억으로 남았다

지금 내가 그 자리에 서 있기 때문이다

무인 화가

그렸다가 지워지는 그림 위에
살며시 마음을 펴본다

이루지 못한 꿈도 그려보고
누구도 보이지 않고 알 수 없는
밝은색 하나 칠하면 환해지고
어두운색으로 그리면 차가워진다

어느 무인 화가의 작품
거문고 줄에 실린 인생 이야기
얼마나 섬세하게 뜯어냈을까

리듬에 언어를 싣고
허공에 정처 없이 떠도는
구름 나그네 되어
바람 따라 흘러갈지라도
아름다운 정착지에 머물고 싶다

물같이 흐르는 유

캄캄한 그 긴 터널이
얼마나 어둡고 답답할까

인생의 갈림길에 누구나
걷고 싶지 않은 그 길

아픔과 고통의 시련 속에
헤매는 현실 앞에
사람의 진실한 눈물의 구함이
절망을 벗어 날수만 있다면

수없이 엎드리려네
그대여 우리에게 주신 특권 가지고
인내하며 기다려 보세나

그 암흑의 터널 속에
햇빛보다 더 밝은 희망의 빛이
비춰 지리라 믿네

삶의 흔적

수많은 사람 중에 내 곁에 다가와
숟가락과 쇠젓가락이 섞임같이
쩡그렁 거리며 보낸 시간

꽃 피던 시절은 지나가고
파 뿌리가 싫어 검정 칠해 가며

어느 사이
뿌리에 괭이가 생기고
약한 뿌리 서로가 살피며

분위기 좋은 카페는 아닐지라도
따뜻한 커피 한잔 마주 앉아
이야기꽃 피우는 어느 노부부의
인생 이야기

새벽 친구

어스름 새벽녘 총총히 걷는 발길

비춰주며 동행하는 반쪽 달
나뭇가지 사이로 얼굴을 내민다

어디 가냐고 묻지 않아도
너무 잘 아는 서로의 눈 맞춤

만날 날을 기약하고 돌아서니
어느 사이 보이지 않는다

친구의 안부가 궁금하다

초록 스카프

"윤슬 잔물결이 까르르 웃는다"라는
글이 새겨진 스카프를 단체로
목에 두르고 문학기행을 간다

칠월에 푸른 나무들의 기를 받으며
동동 숲으로 향하는 발걸음이 가볍다

서로 낯선 얼굴이지만
목에 두른 초록 스카프는
어디서나 마주치면 윤슬의
시 향기가 풍긴다

어색함 없이 사진도 찰칵
서로를 챙기며 추억을 만들었다

숲속에 들어가 돌에 새겨진
작가들의 명함을 설명 들으며
감탄사를 보냈고,
숲속 동시 동화 도서관에서

잔물결이 아닌 큰 시 낭송 파도에 취해
웃고 이야기 나누며 보내든 시간이 아쉽다

다음을 약속하며 무거운 발걸음을
윤슬 선생님 시집 제목같이
언어의 별들이 쏟아지는
우리들의 모임 속에 각자의
꿈들을 앉고 돌아왔다

어머니의 희생

단 한 가지도 당신 것 주장 한번
못 하시고, 낮은 소리에 못내 시든 어머니
자식들 치마폭에 싸시며
눈물짓든 내 어머니

당신의 고통과 사랑에
왜 그리 소홀했을까요
뼈마디 부서지는 고통도
괜찮다고 안심시키고 혼자
그 세월의 짐을 지고 사신 어머니

밍크 스웨터 하나 사드린 것도
아끼시느라 제대로 입지도 못하시고
옷걸이 걸어 두시고 쳐다만 보고,
만져보고 하셨지요

몇 푼 안 되는 용돈 손에 쥐여 드리면
너나 써라 나는 있다고 하신다

다음에 가서 자리 바닥 들어보면
그동안에 드렸든 봉투가 깔려있다
잠 설칠 때면 꺼내서 만져보신다고
어머니, 그 자식 이렇게 가슴 치고 있습니다

하지 못한 효도, 늦으막에 생각하니
한 맺힌 눈물 짓는답니다
그래도 마지막 가시는 길
존귀하신 분께, 당신의 영혼을 드릴 수 있게
도와주셔서 위로를 받습니다
어머니, 내 어머니

하얀 노트

수많은 고통을 겪은 삶
펼칠 수 있게 빈 가슴 내줘서
얽히고설킨 마음의 멍석이
되어 주니 고맙다

삶을 적셔주면 무거운 짐 되니
슬픔을 말려 가벼운 마음을 다오
사람의 마음을 담아주면 정들고
너무나 많은 사연이 섞이면 어지러움을
하소연한다

펜과 종이는
참으로 고마운 존재다

괴로움 속에 눈물 흘릴 때
받아주고, 어떤 비밀도 발설하지
않은 나의 영원한 단짝 친구

언제나 곁에 있어 주렴
향기는 없어도
마음은 맑아진단다

숲 아닌 숲

재개발은 중단되었다

옥토 같은 전답은 이름조차
알 수 없는 잡초로 뒤엉켜
숲 아닌 수풀이 되었다
벌거벗은 민둥산은
흙무덤처럼 민둥민둥하다

먼저 떠난 이웃 집터엔
흔적만이 나뒹군다
폐허가에는 폐기물만
덩그러니 이불 덮고 여기저기
쌓였다

다니던 골목길은 출입 금지
명찰 달고 공포감을 조성한다

공기 좋고 살기 좋던 마을은
온데간데없고 이제 무섭기까지 하다
밤이 되면 풀벌레 소리는 여전하고

날이 밝으면 매미 소리
노래인지, 애원인지 구슬프다

인적이 뜸한 오후
폭염 경보 방송만이 간간이
들려온다

소중한 복

여호와는 나를 사랑하시니
나는 부족함이 없다
푸른 풀밭에 쉴만한 물가로
언제나 인도하신다

말씀 붙잡고 기도하며
살아계신 하나님을 만날 수 있고
사랑으로 맞아주시기에
하루하루 감사가 넘치는 삶을 살고 있다

나의 욕심이
때로는 하나님을 너무 슬프게 하고
가르쳐 주신 길도 외면하며
사회생활에 빠져 저버릴 때가 많다

나무라지 않으시고 깨닫게 하시니
은혜에 감화 감동하여 눈물로 회개한다
그 사랑 안에서 무엇을 염려할까

나의 목자 되신 주님
주는 내게 가장 소중한 복이로다

유혹

유혹에 빠질 뻔했다
시 낭송 오디션을 보았다
결과는 좋지 않았지만
큰 깨달음을 얻었다

조금은 섭섭한 면도 없지 않았지만
주일을 지킬 수 있어 다행이며
이내 그 기쁨은 감사로 돌아왔다

그분께서 막아주신 것이다
새벽에 엎드려 감사 기도를 드렸다

하나님의 지팡이가
나를 안위하시나니 작은 일에도
얼마나 감사한지 어떤 상황이 되어도
그분만이 내 편이 되어 주시니
나는 어느 길이든 순종하리라

이렇게 작은 유혹이
후에는 걷잡을 수 없는

일이 될 수도 있을 것이다

믿음의 형제를 주시어
옆에서 도움 주게 하시니 늘 감사드립니다

그분의 사랑으로
변질되지 말 것을 기도합니다

나의 마음

누구나 가지고 있는 생명체
이중인격의 사람이 있다
한치도 안되는 짧고도 얇은 마음
보이지는 않지만 느낄 수는 있다

잘못된 마음 때문에
수많은 사람들이 불행과 아픔을 겪고 있다
나에게 맑고 선한 마음을 갖고
다른 사람을 따뜻이 감싸는 마음을 주세요

사려 깊은 마음으로
남을 포용할 수 있는 겸손한 마음 보여주세요
시기와 질투와 욕심을 버릴 수 있는
소나무의 향내처럼 은은하면 좋겠다

소꿉친구

모래 언덕이 보이는 솔밭 마을
논둑길을 지나가면 바다가 나온다
하얀 모래밭에는 해당화가 만발하여
향기를 풍기고 있었다

일찍 핀 가지에는 열매도 맺혀 있었다
우리는 바닷가에 내려가 달리기도
하고 걷기도 하며 썰물 따라
서걱거리는 발자국을 찍으며 동그라미도
그리고 무엇이 그리 좋은지
깔깔거리며 시간 가는 줄 몰랐다

어느새 밀물이 들어와 우리의
발자국을 지워 버렸다
우리의 추억 담긴 바닷물과
웃음꽃이 피든 곳은 그대로인데
수십 년이 지난 지금은 흔적조차 없다

파도는 알고 있을까
그리움만 쌓였다

새벽을 여는 기도

4시 30분 알람은 잠을 깨운다
주님 곁으로 향한 발걸음이 가볍다

고요한 시간 발소리에
개들이 먼저 소리로 답한다
오늘은 무슨 기도를 하게 하실까

재개발로 인하여 교회를 옮겨야 할
형편이다
예배의 처소를 구하는 것으로 시작해서
여러 가지 중보 예배가 시작된다

새벽이 없었다면 어찌 살았을까
이 시간이 주어지지 않았다면
하나님의 따뜻한 음성을 어찌
들을 수 있었을까

미숙아를 세워주시고 하나님을
의탁하며 중보하는 모든 기도가
헛되이 흐르지 않게 하시고

주님 받으시는 일들 되기를 원합니다

부족한 제게 지혜 주셔서
글을 쓸 수 있게 도와주시니
진심으로 감사드립니다

참 고마운 사람

어떤 것을 주어도 아깝지 않은 사람

어깨를 살포시 감싸주는 손길
살뜰하게 챙기는 정성

많은 만남으로 스쳐 갔지만
변하지 않는 그 마음이
가슴 가득 든든함을 채운다

마주할 때마다
따뜻하고 편안함에 눈인사로
미소를 교환한다

그대는 내 인생의 일부분을
차지하는 고마운 사람이다

그렇게 내 곁에서 오랫동안
함께 하고 싶은
나의 사랑은 그대이다

풍년

짙푸른 바위 타고 살며시 내려와
오월을 흰 꽃으로 단장하고
맑은 음악 소리 들으며
깊은 골짜기 가득 채운
청순함을 뽐내는 데이지

너희 모습 속에 추억을
담아 본다
꽃에 취한 얼굴들 너무
밝고 예쁘다

어디서 들려오는 회오리 소리
한 폭의 그림 속에
자다 깬 꿈같은 시인들의
마음에 풍년이 들은
하루였다

삶의 흔적, 그 이름을 새기다

한숙자 시집
Poems by Han Suk Ja

5부
기대와 기대

칼국수

한시온 (외손녀)

바지락칼국수에는
꼭!
바지락이 들어가야 할까?

"바지락이 들어가야 맛있지!"
할머니께서 말씀하신다

불쌍한 바지락

바지락은 왜
맛있게 태어났을까?

무지개

한시온

내 마음에
일곱 빛깔 무지개가 떠요

나는 그 무지개를 타고
내려와요

씽씽씽 쌩쌩쌩
슈슈슈 슝슝슝

몽실몽실 구름에
사뿐히 내려앉아요

마음속 깊은 뿌리

한시온

우리 생각에 따라 움직이는 뿌리

기쁠 때는 분홍색 예쁜 뿌리

슬픈 때 하늘색 말랑한 뿌리

화날 때 빨간색 딱딱한 뿌리

두려울 때면 보라색 작은 뿌리

우리 감정에 따라 색이 달라지는 뿌리

나무

맹영희(딸)

처음에 나무는 나무가 아니었습니다
쉼의 그늘
포근한 햇살
살랑이는 바람

누군가의 따스한 손길
그게 다인 줄 알았습니다

억겁의 시간 동안
바람은 때론 태풍이 되어
매섭게 흔들었습니다
그 뜨거움은 모든 것을
녹일 것 같았습니다

세월의 회오리 폭풍은
다 집어삼킬 듯
알지 못하는 거친 손길에
하나둘씩 늘어가는 깊게 팬 상흔들

매끈했던 살결 위에
새로운 껍질들을 덕지덕지 새기며

그렇게 나무는
깊고 큰 아름드리가 되었습니다
어느 누가 와도
품을 만큼 커다란 품

그 흔적들을 가만히 만져 봅니다
쓰리고 아프다 못해 고귀한 상흔들
그 앞에 저절로 고개가 숙여집니다

다행입니다
고맙습니다
그렇게 꿋꿋하게
내 곁에 서 있어 주셔서

기대와 기대

맹영희

바라보는 시선이
함께 잡은 두 손이
마주 댄 등이

서로 여전히 기대고 있지만
그것만으로도 충분하기에

이젠 앞으로 걸어갈
당신의 삶을 기대합니다